건너와 빈칸으로

실천문학 시인선 024

건너와 빈칸으로

지연 시집

실천문학사

제1부

제2부

제3부

제4부

제1부

무인 택배함

무인 택배함에 방치된 봄

간헐적으로 꽃들이 터진다. 벌린 입속으로 켜켜이 내민 혀들, 서서히 부푸는 그림자를 방 안에 들인다. 물에 젖은 그림자를 돌돌 만다. 누가 우리 집 문을 두드리나?

명퇴를 종용받는다는 말, 아침밥 대신 맹물이 좋다는 말, 걱정하지 않아 부부라는 이름으로 봄을 내민다. 서로의 숨이 바닥으로 깊어진다. 긴 머리카락 끝이 갈라지며 엉킨다.

실외기실에서 새어 들어오는 담배 냄새
꽃들 가래 끓는 소리
비밀번호는 밖에서 대기
붙어서 제각각
택배를 기다린다
바람의 모서리 안에 꽃망울 앉힌다

배웅

그림자가 허락도 없이
침대에 눕는다
둘, 둘은 늘
오른쪽 다리가 침대 밖으로 빠져나간다

창밖으로 무게도 없이
절룩이며 나를 찢고 떠나간다
두 개라서 다행이야 안녕 뒤돌아보면서
두 개의 거리들에게 발가락을 흔든다

오른쪽이 왼쪽에게 빛이 그림자에게
그간 당당했지만, 불안했습니다
한 몸에 붙은 짝짝이들에게

나는
빛인 적 없는데
빛인 척했으니까

어머니는

식어버린 고아의 눈물을 흘렸으니까

나는

어머니가

떠나버릴까 봐

늘 샘플처럼 웃어야 했으니까

나는 오른쪽입니까 왼쪽입니까

찢어진 다리가 날아간다

얇은 종이 다리가 검은 봉지를 차며 간다

타인이 되어가는 나를 오래 배웅한다

빈칸

목적도 없는 습관으로

건너와 빈칸으로

너는 코타키나발루에서 손짓했지

웃음의 잔고를 찾아 눌러앉았다고 했지

초저녁 나체로 수영한다고 했지

통장을 열어 보며 나도 자동 나체 되었지

바람이라는 창을 두 팔로 젓고 있었지

반딧불 물에 찔리면서 빛이 열리고 있었지

석양 난간에 기대어

손을 흔들며 흔들림을 받으며

나는 너의 빈칸에서 웃고

문득 너의 빈칸에 나를 개켜두고 싶었지

의심의 꼬리가 반짝였지

생각 없는 꼬리들이 해변에서 토막토막 헤엄쳤지

목을 늘여 돌아보지 않기로 했지
나를 네 옆에 던져 놓고 잊어버리고 싶었지

환풍기

1

그는 화장지를 돌돌 말아 왼쪽 귀를 막았어 꽃을 만나면
꽃을 나비를 만나면 나비를 돌돌 말아 넣었어 왼쪽 귀에 밀
어 넣으면 오른쪽 귀로 빠져나가는 진물 더듬이들 한 번은
먹바람을 한 움큼 잡아 귀에 넣고 양쪽 귀를 막았어 이상한
일이었어 그가 바닥에 돌려서 빼놓은 화장지가 꽃이 나비가
먹바람이 환풍기가 되어 도는 것이었어

2

내 최초의 기억은 때에 전 환풍기를 바라보는 일이었어
환풍기에서 곧게 뻗어 들어오는 빛, 혀끝으로 핥고 싶었어
어머니는 분식집을 했어 밀가루에 오지 않는 아버지를 넣고
치대고 밀고 떼었어 나는 길을 돌리는 바퀴를 따라 걸었어
길은 잃어버릴수록 가벼웠어 메뉴판을 훑어보고 오세요 손
님처럼 아버지

3

차 한 대가 순식간에 지나갔어 길이 돌멩이를 발로 찼어 길은 구심점을 향한 환풍기의 날개, 속도에 튕긴 돌멩이처럼 그가 휴지를 돌리며 나를 따라왔어 해가 환풍기를 돌렸어 그가 손을 뻗어 노을을 돌돌 접었어 외곽의 노을이 바큇살이 되어 바람을 일으키고 있었어 나는 손을 들어 오른쪽 귀를 막았어

투각(透刻)

산도에서 길을 잃었다

팔다리뺨혀손가락발가락이 세상과 비대칭으로 자랐다

칼로 흙벽을 도려내다 쓸모없이 쓸쓸해서 그림자를 숟가
락으로 떠낸다

안으로 들어오는 빛이 울렁거린다 집이 시차 없이 우주에
매달린다 도무지 어찌할 수 없는 불균형이 궤도를 돌아온다

벚꽃이 날린다 우주를 떠도는 행성같이 놀러 왔다가 구멍
난간에 일그러져 와글거린다

왼쪽 다리가 웃음으로 흔들린다 뭐 있잖은가 한바탕 웃고
돌아서면 휑한 거 웃음처럼 무거운 게 없다는 거

내 몸은 웃음으로 가득 차 있다 엄마는 진통이 왔을 때 냉

장고 반찬들이 차곡차곡 웃었다고 했다 아빠는 엄마 울음소리가 개 울음소리인 줄 알았다고 했다

　벚꽃이 떨어진 자리 잎사귀는 꽃의 의족 지금은 사라진 별빛 빛은 별의 의족 웃음은 울음의 의족

　빛나는 밤 나를 파내는 구멍마다 그림자가 의족으로 번식한다

이편의 식사

살아서 우리는 등에 영정 사진을 달고 다니는 것이어서
죽어서나 앞모습으로 사는 것이어서
안녕, 원형 향으로 꽂고
나는 불경스럽게도 영정 사진을 본다
왜 영정 사진에는 손발이 없나?

문살 발랐던 창호지에 어른어른 반찬들
겹꽃을 묵상하듯 조문객들이 반찬을 집어 올린다
한때 거처를 오간 문처럼 네모난 상
누워 있는 문 앞에 산 자들이 발로 걸어가
입으로 망자의 꽃잎을 삼킨다
씹으면 씹을수록 알게 모르게 꽃잎은 날리고
꽃으로 가득 채운 산 자의 배는
내 것이 아닌 망자의 것이라 아무리 먹어도 허기지다

손발도 없이 손발도 없이 많이 자시고 가시게
등을 토닥일 것만 같은 장례식장

네 네 검은 마침표처럼 앉아 나는 상 위의 꽃들을 헤적거
린다

　지난 시간을 저편에 두고
　우리도 언젠가는 웃음을 각진 액자 안에 담겠지만
　뭉텅 등으로 쏟아지는 혈육의 울음, 듣기도 하겠지만
　꽃잎은 제 그림자에 포개진다
　문 너머 햇나락같이 장례식장에 가면 안부를 묻는다
　손발도 없는 안녕! 이 짤막한

구름의 서쪽

눈사람은 어디에 스며드나

수많은 낮과 밤의 응결
저 구름 속에
내가 만난 누군가의 눈사람

차갑게 웃는
이 도시가 저 도시로 흘러가는

내 주름은 몸에서 사라진 물이 있다는 증거
그 물은 구름의 서쪽 여행지에 당도했다

구름은 스스로 가렵네
슴슴한 습(濕)의 나이이므로
구름은 자주 아파 쏟아지려 하네

몸이 마더가 되어 지배를 받으면서

머리가 마더였던 때를 그리워하네

대화에 땀이 나 발목이 시리네
사람 사이를 오래 걷지 않아서
사는 일이 가렵게 젖어가네

자개농에 발자국을 끊으며 들어가겠어

벌레가 모과 속으로 들어간 자국을 본 적 있어
솔잎 구멍처럼 작았다가 커진 자국

비칠거리며 울다가 왜 우는지 증거 불충분이 되어서
울었던 무늬가 진짜인가 가짜인가
몸을 뒤척였을 것만 같은

비가 핼쑥하게 왔어
비가 오지 않아도 비는 타발대고 있었으니
다녀가지 않은 모습으로 나도 나를 들고 걸을 만하겠어

오목한 표정으로 모과 벌레처럼
고개를 갸웃거려도 좋겠어
자개농에 발자국을 끊으며 들어가도 좋겠어

새의 부리는 단단하게 젖어 매끄럽게 흘러가니
바닥을 핥은 해는 모란으로 피어나니

천년송이 닳아지도록 나는 조개 발의 자세로 손을 내밀
겠어

아래로 아래로 어둠은 자개로 깨어나니

바람 바이러스

아이가 벽에 머리를 짓찧었대 여자는 찬송가를 불렀대 아이 머리가 여자의 등에 뚝 떨어졌대

여자가 머리카락을 밀어버렸대
교회 종소리가 울리면
인형을 만들었대

등에서부터 바람이 지나갔대 걸어 다니지 못해서 무릎 닳은 바람

이불을 뜯어 인형 옷을 만들었대 바람이 새처럼 이야기한 것도 그즈음이었대 엄마 얼었던 눈이 흘러내려 엄마 내 목에 아픈 꽃이 필까? 말 못하는 아이가 눈을 후비며 물었대

문에 걸린 인형도 테이블에 앉은 인형도
조각난 천들이 여자의 등을 바라본대

여자는 뾰족한 눈물로 세상의 안과 밖을 시침질한대

종이 울리면 누구나 바람의 호위병 가게 문을 연대 바람
이 인형 얼굴에 부벼 본대 사람들은 여자의 인형을 안고 헐
겁게 웃는대 여자의 등에 바람길이 생겨난대

수풍의 돌림 노래

나는 365일 유성우였어

엄마가 시집가면서 나를 수풍 마을로 가는 소룡굴 수로에
버렸어

물이 흐른다 박쥐가 눈에 불을 켠다 죽은 평지댁이 나뭇
가지에 걸려 굿거리를 친다 도망간 용수 총각이 개 울음소
리로 따라온다 산업체에 간 필순이가 가위질 소리를 내며
물길을 핥는다 소문은 휘파람처럼 미끈거렸어

수풍 마을에 태반을 묻었어 그곳에 너의 유성우가 출렁이
는 버드나무가 있을 거야

노각 속을 긁었어 노각 안에 다 비벼진 소문을 눌러 담았
어 배낭 속 비빔밥이 나를 태우고 흘렀어 사는 게 배고프면
베어 먹었어 노각 배를 한 입 먹으면 소룡이 버들피리를 불
었어 돌들이 자그락 춤을 추었어 야아 야아 웃어봐 돌 하나
씩을 안고 평지댁과 용수 총각과 필순이가 버드나무를 흔들

며 돌림 노래를 불렀어 떨어지는 버드나무 웃음이 아름다워
서 깜박 눈물이 났어

　나를 스쳐 간 변방의 들숨이 빠르게 흘러갔어 느리고 침
침하게 내 유성우는 수풍(水風)으로 흐르고 버들피리 소리
따라 버드나무가 출렁이고 있었어

참새 걸음으로 비가 오는데

나에게 닿지 못하고 이 층으로 산 지 오래인데
평화롭게 방문을 잠그고 딱히 열 생각도 없이
기능적으로 흘러 다녔던 것인데

이 방 저 방 옮겨 다니다 참새 구름 한 마리
싱크홀에 빠졌던 것인데
잡지 않고 그냥 나온
그래서 연대가
그러나 다시 회항하는
구름의 팔 안쪽 울렁임이 잦아졌던 것인데

대화보다 침묵을 내세우기도 했던 것인데
나로 인해 흔들리는지 타자의 부름으로 흔들리는지
가끔 젖어들었던 것인데

이 가지가 저 가지를 흔들며 사나흘 이마를 문질렀던 것
인데

울음을 어디서 잊어버렸는지 또 사나흘 걸었던 것인데
바람 끝에서 길을 쪼았던 고요가
촉촉하게 푸르러지는 것이었는데

항아리 속에 떠다니는 밥알처럼

마루 틈새기에 식혜를 쏟아 버렸어요

거기 누구냐고 가늘게 묻는 할머니

하얀 다리에는 먹구름 냄새가 버무려져 있었어요

나는 놀라 모퉁이에 몸을 감추었어요

할머니는 비틀비틀 뒤꼍으로 가셨어요

항아리에 숨을 몰아쉬며 돌아가셨어요

비가 오려 하면 나는 항아리 속에 동동 떠다니는 밥알처

럼 장독대를 돌았어요

열에 들뜬 아이가 되어 손끝으로 뚜껑을 어루만졌어요

하늘은 순식간에 재봉틀이 되어

서 있는 것들을 모두 땅에 박아 버릴 것 같았어요

오목한 항아리 뚜껑에 얼굴을 내밀었어요

깻대보다 가늘었던 할머니가 하릉하릉

한번 입어 보라고 꽃 블라우스를 펄럭였어요

푸른 나뭇잎도 서너 장 박혀 있었어요

주름진 블라우스에 손끝을 내밀었어요

내 손을 드르륵 박고 지나가는 바늘비

새 한 마리가 꽃잎 한 장을 물고 있었어요
살구나무에 앉아 나를 바라보고 있었어요

달이 따라온다

세상은 변함이 없다는
이대로 죽는다 해도 변함이 없을 거라는
가야 할 일상대로 꽃이 피고 진다는
그래서 나는 거울을 깨뜨릴 때마다
달을 깨뜨려 먹었다는

달이 조각을 찾아 나를 따라온다는
거리를 지키며
발소리를 죽이며
그러거나 말거나 철철철 넘치는 소리

개구리들은 논물을 찰방이고
짝을 찾아 퍼즐을 맞추고
변함없이 울고 빛바래며 침묵한다

달에게서 멀어지기 위해
달을 키우기 위해

뒤돌아보지 않기 위해 걷는
내 발바닥엔 키높이가 깔려 있고
가슴에는 달이 커가고 있는
변함없이 변함이 없는 마을

동굴 속에 손가락을 쑤셔 넣고
달을 꺼내는
혼자만은 아니되 영원히 혼자인
동굴에서 달을 쓰다듬는
쓰다듬을수록 부풀어 오르는 개구리 울음주머니
물결 따라 동굴 속에서 달을 띄워 보내는

그래도 달은 나를
변함없이 따라온다는
외딴 동굴이 내 안에 있다는

줄 노트에 대한 기억

네모 칸 밖으로 글자가 빠져나가면 어머니는 내 손등을 때렸지 연필을 쥘 때마다 손이 떨렸지

빠져나가고 싶은 가와 나와 다 네모 안에 가두기 위해 힘 주어 썼던 음절

줄 노트를 만나고서야 나는 내 글자에 음표를 달기 시작 했지 줄였다 키웠다 먹었다 뒤채며 꿈틀거렸지

하루가 줄을 그으며 빠르게 나를 읽기 시작했지 불안한 나는 그 줄에 음표를 단 언어들을 풀어놓았지 집게 없는 빨 래가 밤길로 날아갔지

백열등이 켜졌지 바늘 없는 시계가 횡단 밖에서 관에 못 박는 소리를 냈지 강-약-약-약 줄임표 같았지

줄임표를 열어 보면 네모난 창이 보였지 네모 안에 한 사

람 한 사람이 제각기 관을 닫는 것이 보였지

  가와 나와 다를 다시 쓰지 이 글자를 모시는 데 반생이 기
울었지

털레털레

무덤을 열고 산 자와 죽은 자의 웃음소리 화산으로 뒤집히게 터지는지 그 웃음을 타고 내가 어디로 날아가는지

화산공원에 오른다 원정 절도단처럼 비석 가루를 삼켰다가 펑, 눈물 고인 꿩 소리 털고 돌아가지 않는 바람개비 산딸산딸 죽은 딸을 부르는 산딸나무를 털고 연막탄 터트리는 밤꽃 향을 털고 털레털레 말 이음표로 걸어가자 초록 소매치기도 덩달아 청양고추 같은 햇살을 털고 바닥에 홀릭된 그늘 탁, 탁, 탁, 튕기며 턴다 탁, 딱풀이 채 마르지 않은 수배지를 들고 온 바람, 바람 앞에 떨지 않는 목숨 없어 목숨마다 화산 하나쯤 품고 흔들린다 현상 수배범을 찾았다는 듯 바람이 귀싸대기를 친다 온몸이 포박되어 화사하다

제2부

당신이 내내 전화를 받지 않아

웃음을 구우려면 몇 도의 어둠이 필요한가

갓 피어난 꽃잎은 몇 바퀴를 돌아야 대중적으로 웃는가

웃음은 담기는가 깨지는가

가스 창고 모서리에 목련꽃 핀다

안녕, 한때의 별

누구나 별은 다른 모양으로 태어나네
주인이 전세금을 들고 말없이 떠났네
귀 밝아지고 눈 밝아졌네
대밭에 별이 찍찍거리네
나는 별을 키우기로 했네
별들이 울타리를 갉아대네
천장에 별들이 그렁그렁하네
내 방은 울타리가 되어가네
낮 동안 나는 별에게 줄 밥을 찾네
별들은 더듬이를 먹고 싶어 하네
나는 망초 꽃잎을 떼어 한 입 먹였네
주인은 돌아오지 않네
대나무는 수시로 몸을 흔들었지만 뭐 어때?
별은 몸통이 사라지고 점점 이빨이 자라네
낯선 사람들이 술병을 던지네
남학생들이 침을 뱉네
나에게는 번들거리는 이빨이 다섯

별을 문틈으로 내보냈네

그들은 엄청나게 찍찍거린다고 도망을 가네

나는 이제 주인을 기다리지 않네

오늘 구름이 몽실거리네

비닐조각 같은 하루를 찢으며

나도 별이 되어가네

B의 터널

고드름이 정수리에 박힌다면 울음의 속살에 닿을 수 있겠다
그녀가 다녀갔다는 대나무 얼음 터널
온몸 털 뭉치가 풀려나가기 시작한다
각질이 떨어진다

엉덩이를 끌며 나오는 아버지
요강에 소변을 누는 소리
만도라 무늬로 번지는
붉은 실 노란 실

뜨개질을 하다 보면
적란운이 실뜨기 코에 감기다
팔다리가 건선으로 하얗게 들뜬다

임신하고 허락받은 결혼
어머니를 실로 끌고 다녀도
가출한 행복처럼 어머니는 행적이 없다

내려오지 마, 고드름에서 떨어지는 물들

아버지, 제가 시집가면 아버지 요강은 누가 비운대요?

피나게 긁어도 남아 있는 가려움

어제는 오늘은 내일은

어느 때인가

면역 체계가 무너지지 않는

저녁놀의 실을 풀어 너를 만들었다

아버지는 나를 창가에 앉혀 두고 말했지

떨어진다 앉았다가 일어서면

아치형 안에 수직이 등 뒤에 흐른다

다르마타 바르도*

죽고 사는 묵음의 트랙

내 몸에 풀린다

---

*   죽음과 새로운 탄생 사이에 있는 본성의 광휘를 말한다.

친절한 금자씨 2018

고시원에서 공부하다 실성한 여자
산굴뚝나비처럼 걸어가고 있었어
연기처럼 날아올랐어
골짜기를 지나 바다를 지나 머나먼 사막

산굴뚝나비가 노을 한 입을 베어 물었어
네발을 경중 세우고 날개를 접었다가 펴고 있었어
광활한 어둠이 전갈처럼 다가왔어
표범 무늬 날개눈이 커지고 있었어
삼켜도 삼켜도 날아오는 전갈들
산굴뚝나비 선인장에 숨어 이슬을 빨았어
무너져도 무너지지 않는 사구 그 깊은 창고에
산굴뚝나비 가시로 눈을 빗질했어
별이 떨어지고 있었어 아니, 하얀 모래알
여자가 그림자 속에서 속삭였어
전갈이 가위를 세웠어

그림자 머리가 쪼개지고 표범이

표범 무늬 날개눈 속에 얼굴이

허기진 산굴뚝나비처럼

날개를 접었다 폈다 했어

모래바람이 쏟아졌어

생의 메마른 질문들

가루약 같은

풍선이 부푸는 시간

저녁이면 물고기들이 지상 위로 풍선을 분다
검은 풍선 한 호흡 한 호흡
안으로 사람들이 걸어간다
2014년 4월 16일 이후

내가 걸어 다닌 풍경을 안으면 팽팽해지는 어둠
세월호 차오르는 물속에서
엄마- 사랑해
물고기들이 내가 딛고 선 땅 밑에서
아가미를 벌름거린다
단호하게 없어진 시간, 빈자리

안이 안일까 밖이 밖일까

오늘도 물컹거리는 적막
아가- 밥 먹어야지
빈 숟가락을 문지르는

너도 나도 안은 깊은 무중력

난파된 배처럼 누워 웅얼거린다

물고기들이 떼 지어 입을 올린다

끔-벅 너 오늘, 잘 살았니?

환(還)

—2015 세월호

죽음이 앉았다 떠난 헛개나무, 꽃 한 송이 피어 있다 무당이었던 가동 할매 원액 덧칠한 구음 소리를 낸다 밤마다 나무 송곳니가 자란다 뿌리가 굴곡지게 뻗어 나갈수록 길모퉁이가 조용하다 나무 밑에 속눈썹 빠진 개나리 아홉 송이 마지막 울음, 깨금발을 세운다 목에 구멍 뚫린 성현이가 물감통을 들어 벽면에 흩뿌린다 흰 꽃들이 낭자하다 분명 색색의 물감이었는데 흰 수건을 머리에 쓰고 치마 춤 방울을 흔들며 아지매와 아이들이 도망가듯 벽에서 돌아오고 있다 지팡이 두드리며 뛰어오는 가동 할매, 흑염소 엉덩이를 때리는 노을, 집으로 가자 집으로 가자 했으나 아무도 집을 찾지 못했다

비상구

불이 꺼졌어 사람들이 팝콘을 씹으며 웃고 있어
오 사 삼 바삭, 다시
오 초의 시간이 부푸는 동안 야광 문이 열렸어
나는 비상구 속에서 영화를 봤어

동네 어귀의 대문들이 눈을 감고 있었어 나도 따라 눈을
감고 더듬었어 파충류 등을 피해서 문고리에 손을 넣었어
울퉁불퉁한 정글 침묵이 나를 집어삼켰어 바람이 나를 덜컹
이게 했어 맹렬하게 비가 내렸어 나는 문을 찾지 못하고 진
흙에 빠진 초록 토끼 높이뛰기 하는 비에게 뛰어갔어 열려
있어도 나는 늘 갇혀 있나 생각하면서 닫혀 있어도 열려 있
는 웅덩이를 찰방 밟았어

바삭, 나를 깨무는 팝콘 소리

딱지들은 우체통에 간다

작은 오빠가 장롱 속의 돈다발을 들고 튀어 버린 날

등록금을 가지러 왔던 큰오빠는 삭정이 한 짐 하러 갔다가 소나무 껍질을 벗겨 왔다 초경을 흘리는 나는 무릎 딱지를 깔짝깔짝 건드렸다 오빠는 소나무 딱지를 마루에 펼쳐 놓았다 싹둑 자른 딱지는 지붕이 되기도 하고 벽이 되기도 하고 아궁이가 되기도 했다 나는 딱지를 홀떡 열어 보다가 쓰라려서는 입술을 씹었다 그러거나 말거나 아버지는 딱지를 짊어지고 있었다 어머니는 퉁퉁 불은 딱지를 품고 있었다 아궁이 앞에 웅크린 막내는 딱지를 불 속에 던지고 있었다 오빠, 나는 딱지집 싫어 그럴 때마다 오빠는 소나무 송진으로 내 무릎을 괴어 주었다

연아, 딱지집에 입김을 불어 줘라 꽃 피는 곳으로 끔벅끔벅 가게 불어 줘라

오빠는 입김이 마르기를 기다려 딱지집을 가방에 밀어 넣

었다 주소도 이름도 내용도 없는 딱지집이 석 장일 때도 넉 장일 때도 있었다 준비물 대신 등록금 대신 월세 대신 세상에 두들겨 맞은 오빠는 딱지집을 빨간 우체통에 하나씩 넣었다

속살이 자주 벗겨진 오빠는 여름에도 거북이처럼 두꺼운 옷을 입고 다녔다

조용한 아침

1

살아 있는 숫자들을 감시하는 일은 쉽지 않다

자칫 잘못하면 목이 달아난다

숫자들과 거리를 지키며 걷는다

밤새 무례하게 빠져나가진 않았는지

하루는 소인 찍힌 편지다

곤봉을 두드린다

제대로 세상에 편지를 보낸 적 있었던가

세상의 끝 313번을 부른다

어머니를 박제한 313번의 눈빛, 불안하다

2

탈옥수 김 씨가 검거되는 날 빨간 나비 떼가 날아올랐다.
어린 시절 염소 막사에서 어머니가 목을 맬 때 김 씨는 나비
가 어머니 목구멍을 할퀴며 들어가는 것을 보았다. 강절도

범으로 복역 중 나비 다리 같은 햇살에 이끌려 탈옥. 경찰과
대치 상황에서 어머니를 닮은 인질 여성의 입을 틀어막았고
깨진 맥주병으로 보란 듯이 자신의 팔을 그었다. 이때 경찰
이 두 발의 총을 쏘았으며 피의자 김 씨는 인질 여성을 맥주
병으로 찔러 사망에 이르게 했다.

3
지난날은 봉인되어 날아갔다 그러나
어머니가 막사에서 흐느끼던

우표 가장자리 톱니 같은 염소의 울음소리

깜박 의자에 앉아 쪽잠을 잘 때마다
꿈의 복도는 빨간 우체통을 찾는 염소로 가득하다
평생 난봉꾼 넷째 자식으로 불리던
내 생의 수인 번호를 입에 물고

달력을 오린다

매번 죽어도 숫자는 똑같이 달력에 달라붙어 있다

같은 숫자 다른 배열

편지 봉투에 바람을 훅 분다

독방 안에 갇힌 숫자들을 사형시킨다

조용, 해가 뜬다

안개 저장고

1
머리카락을 뜯어 가는 물고기
꿈을 꾸다가 창을 열었어요

2
옆집 여자의 지갑을 엽니다

　문구점 피자 치킨 커피 쿠폰들에 도장 찍으면 이 세상에 허락된 기분이 들지 살아 있다는 이유를 만들어 주잖아 가끔 난 물고기 쿠폰이 되고 싶어 수면에 도장을 찍는 물고기 쿠폰 그날 옆집 남편은 그녀가 내민 돈을 도끼로 내리치듯 낚아 가며 더러운 돈이라 했다 '더럽다'와 '미안하다'의 사이에서 뇌병변인 남편은 술을 마셨다 더럽게 미안해서 그녀를 때렸다

　여자는 운전면허증 1종 사진을 찍으며 웃었다

3
뱃속 무중력을 안고 옥상에서 떨어진 눈동자

기억한다 사내들이 모래를 까는 소리
꿈에서 부화한 치어 한 마리
헤엄쳐 나와 달을 빨아먹었을까
안개가 수면을 채우며 출렁인다
변함없이 기침을 토하는 벽면 그림자

그림자 안으로 걸어간
한 방울
생, 미움을 발효해 안개 치즈

엘리베이터 도르래에 감기던
소란한 꼬리를 쳐내다가
사는 게 안개 위 토핑 같아

하얀, 독한, 젖은, 반만 읽은
아가미 속
비열을 물고 연옥을 끌어당겼다

어금니 부러지면 헌 아침이 오겠다

플레이밍*

옷을 겹으로 입어도 춥다
검지에 매달린 이마가 비밀번호를 누른다
붉은 눈들이 동동 떠서 당구를 친다

회사에서 잘렸다 중도금이 막막하다
분노는 스리쿠션
온탕 속에서 키보드를 두드린다
외면당하며 스친 눈알들이 멈칫
제 눈알을 검지 큐대로 날린다
살아 있는 것들은 제 눈알이 받은 충격만큼
회전시킨다 담배를 꼬나물고 쓰발

창밖에 날리는 진눈깨비
휘둥 녹으며 곤궁하다
보이지 않는 것들이 내 몸을 튕긴다

---

* flaming : 인터넷에서 공공연히 누군가에게 심하게 빈정대는 것

춥다는 천 개의 손 천 개의 눈

알몸 같은 욕설들

플라스틱 웃음과 울음 사이

문지르거나 확대하거나 벗기며 벗어진다

검지에 달린 이마가 모락모락 춥다

누군가 나를 친다

내가 모르는 곳으로 혈관 터진 눈이 굴러가고 있다

뿌리꽃

해에게도 발이 있어, 저 따뜻한 발에 때론 밟히고 싶다.
수억만 개 햇발이 지네같이 움직인다.

낮부터 취해 운다 카톡, 명예퇴직을 강요받았어 카톡, 갱
년기에는 칡즙이 좋다는데 카톡, 엄마가 기저귀 찬 사타구
니가 가렵다고 해 카톡, 창을 두드리는 발.

내 발은 어디에 두어야 하나

질컥이는 화단과 페인트 벗겨진 베란다와 방범창 사이로
목을 빼는 애완견 울음소리.

지네가 움직인다. 난간 대에서 물을 빨아먹는다. 습의 내
부 소진될 때까지 걷는 뿌리꽃. 화분 안에 번져 가는 발, 꽃
그림을 치대며 들어 올린다.

그래, 저 따뜻한 발에 밟혀 죽어도 좋겠어 생각하다가 내

발바닥에도 온기라는 게 남아 걸음걸음 다가오는 것들이

봄이구나- 쉬어갈 수 있을까 생각하다가

따뜻한 발에 자근자근 나, 밟히고 싶은

봄이 되면 누가 나를

지붕 낮은 집에 나는 한 아이를 사육했네
그 아이는 긴 머리 같은 시를 쓰네
레코드판이 튀고 있네
새가 울고 싸리꽃이 흔들리네
나는 아이를 데리고 강가로 갔네
아이의 배 속에서 휘파람 한 마리가 끌려 나왔네
아이를 조종하는 리모컨이
배터리가 텅 비었는지 말을 듣지 않네
플레이 버튼을 누르고 또 눌렀네
테이프가 감기는 속도로
멈춰 있던 아이가 강으로 뛰어가네
나는 이제 멈추라고 리모컨을 눌렀네
수심이 깊은 곳에서 아이가 허우적대네
체리 굴뚝 같은 아이의 입술이
보글보글 물거품을 밀어 올리네
강은 아이의 머리를 끌고 흐르네

고삐 끈을 놓치지 않은 아이가 악몽처럼

휘파람 속에서 나오네

누군가 나를 조종하네 봄이 되면

자작나무 그늘에 이불을 깔다

등에서 자작나무가 자란다
자작나무를 빼꼼히 열고 민머리 유령이 눈을 깜박인다
슬픔이 나를 갉아먹었네

자작나무 그늘을 숨기고 산 지 오래여서
나를 오래 걸어 다닌 녀석 따돌리고 싶은 지 오래여서

너는 육체가 없으니
내가 너보다 강하다
가끔 웃어 주었던 것인데

육체라는 게 작은 가시에 찔려도
아픈 것이어서
땀나는 것이어서
내가 강하다 할 수는 없지만

가령 모진 비바람을 견디는 풀여치를 본다거나

화살 같은 바람을 뚫고 나는 새를 본다거나 하는 날은

강하다는 것은 쓸쓸한 것이어서
고요를 향해 추운 것이어서

이미 추운 너에게
따뜻한 이불이라도 한 채 꺼내 펴 주어야 하나
뒤적거릴 때마다
자작나무 수피를 둘러보는 너
뻐드렁니를 드러낸다

옥수수 대궁에 앉아 시집을 읽으면

마당을 쓰는 풀잎 빗자루 소리 들리고

꽃잎 여미지 못한 눈 같은 눈이 내리고

떨어진 아궁이 귀퉁이

젖은 연기 모락모락 새어 나오고

풍로 돌리는 늙은 손이 공작 날개처럼

불 앞에 열 손가락을 쫘악 편 면면마다

백내장 걸린 개가 아픈 다리를 귀신같이 핥는 게 보이고

굴뚝을 빠져나가는 먼먼 첫사랑 울음소리 들리고

들이친 바람에 떨며 눈꽃 만발

토끼 이빨로 기차가 국경을 넘어가는 게 보이고

저린 무릎 위에 진흙 쿠키 아이가 방금

떨어진 별에게 안부를 묻는 게 보이고

우주 난간에서 실눈을 뜬 누에처럼 나는 쓸쓸히 휘황하고

제3부

심심한 위로가 필요해

오목하게 손을 모아 햇볕을 받았습니다
멀고 가까웠던 이름을 호출해 보았습니다
상학능선에서 바람 한주먹 얻어맞았습니다
삼신각 촛불 앞에 먼 나를 내려놓았습니다
다리를 흔들며 노래 부르는 바위를 보다가
길에서 만난 개와 건빵을 나눠 먹었습니다
층층나무 잎사귀에 어룽진 그늘을 만졌습니다
바위를 건너가는 뿌리를 보았습니다
양말을 벗고 시 한 편 간식으로 읽었습니다
새소리가 나는 옷을 찾아다녔습니다
목에 두른 수건을 계곡물에 적셨습니다
뜨거운 매미 소리를 한 그릇 기다렸으나
고요 세 숟가락 얻어먹었습니다
아직 계절이 깊지 않았습니다

저수지를 취하다

아버지는 육촌 결혼식장에 가고
노총각 나는 저수지에 간다
뭐 할 일 없나 돌을 던진다
돌이 물에 닿는 순간
말랑말랑 반지가 뜬다
산이 나무가 꽃이
물가락지 하나에 출렁인다
이 여자도 끼고 저 여자도 끼고
허리까지 배배 꼰다
뭐 할 일 없나 나는 가만있는데
물속을 들여다보는 내가
저수지 허리를 한 바퀴 휙 돌린다
야, 한꺼번에 저 처자들과 결혼하려고?
혼자서 호사다 욕심이다 에끼 끼끼
물속의 사내 웃는다
물가락지 바람추되어 사라지고
나는 뭐 할 일 없나 저수지를 돈다

산 그림자 빤히 나를 바라보고

뉘신지 취하여 묻는다

나팔꽃 묵주를 보다

어머니 창을 보시며
아 아 하신다
화단에 나팔꽃이 울타리에 몸을 감고
기어올라와 있다

야 야 불렀으면 누구에게라도 들렸을 터이지만
아 아 감탄사 같은 묵음이다
그 소리 지구 한 바퀴를 돌아
저 너머 산꼭대기 바위에 기대었다가
삐걱대는 툇마루 더듬거리다가
나팔꽃 목울대 흔든다

한때 바람을 당차게 발에 휘감던 시절
밥 앞에 머리끄덩이를 잡고 싸우기도 하고
자식 앞날을 위해
한겨울에도 정수리부터 찬물을 끼얹었다

돌아보면 한 자나 될법한 거리
평생이 이렇게 가깝다는 듯
아 아 하면서
장하다 장하다
너나 나나 나팔꽃 다독이는 듯

구멍이란 구멍 하나 하나가
아 짧고 고요한 말씀에 모여 있다가
여든여섯 어머니
입술꽃 오므리신다
몸을 둥글게 말아 까만 묵주 만드신다

안녕을 공유합니다

베개가 가깝습니다
당신의 현재 등장인물은 알 수 없습니다
나의 현재 시각도 알 수 없습니다
딱 붙어서 먼 곳을 허락해

낯선 사내가 반죽이 덜 된 표정으로
내 손을 잡습니다 갈참나무 서 있는
일주문을 지나 오목한 절에 들어섭니다
손에 전해지는 도톰한 온기
한 번도 뵌 적 없는 시아버지를 알아봅니다
오 젊은 아버지, 이렇게 손을 잡아도 되나요?

긴 목 항아리가 되어서 탑을 돕니다
연화문 안에서 아이들이 말뚝박기합니다
아버지와 내가 하나로 돌면 구름문이 될까요?
당신이 내 가슴을 토닥입니다

탑의 보륜이 빗방울로 떨어집니다

잊으세요 맑게 낮게 가볍게

건너다니는 안녕

빗방울이 머리맡에 흐릅니다

소리를 감는 찔레꽃

사내는 개의 목울대를 세워야 잠이 들었습니다
귀를 세운 개의 울음
사내는 하늘로 기어오르는 소리 끝에 올라탔습니다

개 사슬이 사내의 목을 옭아매었습니다 목울대가 찢어진
개들이 사라진 자리에 찔레꽃이 피었습니다 동네방네 개를
찾겠다고 날뛰던 사내가 찔레 넝쿨을 끊었습니다 소년의 옷
을 홀딱 벗겼습니다 에미가 집을 나간지도 모르더니 개가
없어진지도 모르느냐고 소년을 개집에 밀어 넣었습니다 소
년의 울음소리가 개밥 그릇에 낮게 깔렸습니다

숲을 빠져나가는 뱀처럼 울어
하늘로 올라가는 뱀처럼
별과 주파수가 맞는 뱀처럼
도망가고 싶다고 뜨겁게 울어 올려 개새끼

사내가 양철 합판으로 만든 개 지붕을 찔레 넝쿨로 마구

때렸습니다 붉은 알몸이 둥글게 똬리를 틀었습니다

젤레꽃 한 잎이 보였습니다

밤을 깨물고 신음으로 피는 찔레꽃
소년은 밤새 개처럼 울었습니다 패다 지친 사내가
소년의 개 소리를 올라타고 잠이 들었습니다
개 울음소리가 찔레 가시에 뱀처럼 감길 때마다
찔레꽃이 하나 둘 만개하였습니다

귀가 목련으로 떨어지는 밤

밤마다 나무로 토끼를 만듭니다
조각칼로 살을 도려낼수록 귀가 자랍니다

귀는 긴안락꽃하늘소 울음을 만지기도 하고
바늘귀를 통과한 침구의 무사를 살피기도 하고
능의 묘도를 따라 돌문에 기대기도 합니다

오늘은 숨넘어가게 피는 목련꽃에서
벼루에 먹을 가는 소리를 들었는지
대팻밥으로 밀려 나오던 귓밥을 맴돕니다

나선형을 돌며 소리가 무릎을 굽혔다 폈다
어지러워서 한쪽에 묻어 두었을 목련 귓속말을 듣고
복지개를 열 듯 토끼가 뒤꿈치를 들고 옵니다

계절의 허물을 건너가는 눈빛으로
말의 껍질 홀러덩 벗겨 공중에 던집니다

살에 정든 소리 받아 줄게요

우연히 떨어져도 받아 줄게요

발바닥 같은

잠들지 못했던

귀가하지 못했던 머나먼 내 귀가 뜁니다

말하고 싶어서 말을 잇고 싶어서

귀가 목련으로 떨어지는 밤입니다

피에로와 꽃새

1. 웃음

강아지풀에서 태어났다고 믿었다. 흔들리는 것에 익숙한 나는 간지럼을 흘리는 습성이 있다. 아버지는 합죽선에 글을 새긴다. 한 획이 비틀어지면 어김없이 나를 부른다. 나를 멀리 보내려는지 허리띠 휘두른다. 바람의 자국, 처음은 어지럽다가 예의 비명을 질러야 할 때 웃음이 흘러나온다.

2. 울음

비닐꽃이 든 배낭을 메고 공원에서 비눗방울을 분다. 아이들이 몰려온다. 옷에 붙은 비눗방울 무늬를 쥐고 흔든다. 비눗방울이 나를 가둔다. 갇혀 있는 것이 안전하다. 손톱을 물어뜯던 아이가 나를 찌른다. 무표정으로 나를 터트린다. 가슴에 비닐꽃이 부푼다.

이불속에 묻어, 울음이 시들지 않는 아버지가 태어날 거야.

3. 음음음 꽃새

철 지난 달력에 발톱을 잘라 낸다. 하얀 획들이 숫자 위로 튕겨 나간다. 아버지는 날아간 시간들을 정성껏 그러모은다. 잘린 발톱 같은 한 획의 아버지. 나는 비닐꽃을 창밖으로 던진다. 붉은 꽃, 파란 꽃, 하얀 꽃, 웃지 않아도 간지럼을 타며 날린다. 여기서 어디로 흘러가야 하는지 모르는 꽃, 꽃새들

봄에 따시끼가 피다

오후 세 시가 되면 사내는 멜로디언을 불지 사람들이 힐 끔힐끔 못을 날리지 그러거나 말거나 사내는 화단에 앉아 나비야 노래를 스타카토로 깨우지 천분(天盆)에 노랑나비 흰 나비 날아온다고 뛰어다니지

아이들이 몰려오지 발을 구르고 손뼉을 치지 따시끼 따시 끼 왕따 시끼 따시끼 나비 반주에 맞춰 가며 침을 튀기지 사 내는 팔을 휘저으며 갓 심은 팬지 위로 올라서겠다는 듯 꽃 을 밟지 아파트값이 내려갈까 조마조마한 사람들이 더는 참 을 수 없다고 항의한다지

이장이 삼천지구대에 민원을 넣었는지 사내가 사라졌지 아파트 벽에 사내와 아이들이 썼다는 따. 시. 끼. 글씨만 있 지 반올림 건반을 징검다리 삼아 이사 갔는지 벌어진 입으 로 나비가 떼 지어 들어갔는지 알람은 울리지 않지 몇몇 사 람이 화단에 물을 주었다지

바람이 문을 때렸지 햇살이 방범창을 뚫고 들어왔지 봄이 언제 적에 왔는지도 모르느냐고 바닥을 쳤지 따시끼, 순간 바닥에 납작 엎드린 나비가 공중 위로 날아올랐지 따시끼 따시끼 왕따 시끼 따시끼 햇살이 벽지에 앉아 멜로디언을 불었지 자리끼 같은 따시끼 봄이 환장하게 피어났지

비의 샤우팅

구름 감옥에는 사이키델릭이 살아
바람 현을 훑어 내리지

손을 뻗을 때마다 손톱이 갈라지고
길어지지 수풀을 걸친 환각의 손톱
사이키델릭 갈비뼈가 자지러질 때

에브리바디
감옥이 쏟아져

사람들이 뛰지 나도 뛰지
혈관 안에 설계된 감옥
갇혀서 간히기가 두려워
흔들지 손을 뻗지

가깝게 혹은 멀게
손톱들 신호등을 긁지

세상에 나서지 못한 나에게

바닥을 치고 헤드뱅잉 하지
닳아진 바짓단에 폭죽 터지지
사이키델릭 손톱

검지에 핀 으아리꽃

손가락이 잘렸다 그녀는
오른손 검지를 배에 심었다*

배의 조각을 떼어 오는 일에 열중하던
검지가 잔뿌리를 내밀며
수액 같은 진물을 흘렸다
배에 붙어 있던 꽃씨가 검지를
따라왔다는 것을 그녀는 알지 못했다

췌장암 삼 년째인 그녀 남편은
검게 누른 장판에 등 돌리고 앉아 있다
미납 고지서와 청첩장을
그녀가 보지 못하게 꼬깃 접는다
문풍지 흔들리는 모습을 보던 그녀는
다시는 발걸음 하지 않겠다던

---

* 손가락 끝이 잘렸을 때 배의 피부를 이식하기 위해 복부에 손가락을 이식했다가 분리하는 수술이 있다.

한약 공장에 들어선다

출렁이는 배에 오른손을 얹고 호흡을 고른다
잘라 내던 헛개나무가, 오갈피가, 가시를 세운다
검지가 퍼레져서 기계를 가리킨다
잘린 손끝이 그 속에 있을 것이다

기계에 등 돌리고 푸른 줄거리를 덖는다
바짝 빨개진 검지 끝이
터질 듯 부풀어
불의 빗소리를 듣는다
겉절이를 숟가락에 휘휘 감아올리는
밥상에, 식솔의 손가락을 울타리 삼아
으아리, 큰으아리꽃 고개 든다

아무도 꽃이 피는 걸 보지 못하였으나
검지 끝에는 꽃을 떨군 꽃대가 검다

여뀌꽃이 걸어오는 시간

1
사내는 물비린내가 난다고 했다
여뀌꽃이 피기 전에 여자
유방암 항암 치료를 하고 돌아왔다
다른 여자를 사내는 품고 있었다
나란히 앉아 피아노를 치면서
웃는 소리를 반올림한다

계단을 내려가며
여자는 빛을 밟고 밟았다
외가로 보낸 딸아이를
왼쪽 젖무덤에 올려놓았다

2
도려진 가슴을 물끄러미 내려다본다
수많은 여뀌가 숨구멍을 찾고 있다

여자의 외짝 무덤이 떠오를 때마다 나는 욕실로 간다 전신 거울에 맺힌 물방울들 십 년이 지났지만 가묘(假墓)의 하루, 하루가 흘러내린다 나에게 이혼의 흔적을 남기지 않으려 했던 여자의 시간이 온다 몸에 붙은 젖무덤이 파헤쳐진다 여뀌들이 솟아오른다 물이 잘 빠지는 무덤에 여뀌꽃 어머니, 미끄럼 타는 물방울들 가묘 위에 가묘들

　저승에 한쪽 가슴을 주고
　이승에서 꺼져 가던

수박씨 뱉어 내듯 비가 내리고

할머니는 처마 밑에 앉아 말씀하였다 아기 못 낳던 새댁이 논에서 피를 뽑다가 엉덩이에 벼락을 맞았지라우 두 달이 넘도록 병원에서 그 시퍼런 엉덩이를 까고 엎드려 지냈지라우

투 투 투 투 구름이 검은 씨를 뱉어 내고 있었다 할머니는 빗소리를 다 받겠다는 양 말을 이어 가셨다 문병을 가려 해도 요상스럽고 안 가자니 걸리고 날은 겁나게 뜨거워졌지라우 어느 밤 저승 간 친정 어미가 호미 끝이 닳은 눈으로 골마리를 바라보았다는디 그날부터 새댁 엉덩이에 쩌어억 벼락 무늬가 생기기 시작했지라우

투 투득 투득 떨어져도 깨지지 않는 비가 내리고 있었다 어메 어메 새끼가 나왔지라우 하나도 아니고 둘도 아니고 셋이 하나같이 벼락 무늬 엉덩이였지라우 그 후로 비가 오면 수풍마을 사람들이 투둡 투둡 피를 뽑았지라우 아덜덜이 올망졸망 뛰어다녔지라우 우루루루 우루루루 수박들이 밭

고랑에 벌건 얼굴을 처박았지라우 믿을란가 안 믿을란가는 몰러도

　할머니는 자우뚱 어깨춤을 추었다 이승 저승 반으로 쪼개고 쪼개도 수박 속 육즙이지라우 살 속의 씨를 뱉어 내며 비가 내렸다

가을이면

왜 이마가 서늘해지는지

왜 가늘고 긴 담배를 태우고 싶은지

왜 느리게 하늘을 바라보고 싶은지

왜 낮달을 스쳐가는 새를 부르고 싶은지

왜 에스프레소를 청동 잔에 따르고 싶은지

왜 감잎 그늘에 한나절 앉아 있고만 싶은지

왜 마당에 내 이름을 끄적이고만 싶은지

왜 찌그러진 개 밥그릇 앞에 무릎을 꿇고만 싶은지

왜 내 그림자 위에 그대를 앉혀 두고만 싶은지

낙엽 하나가 사막에 고요히 묻히듯

바람에 사구가 허물어지듯

왜 초록의 비늘 오래 씹고만 싶은지

함박눈 오던 날

태수 양반이 돌아왔다 빈집을 지키던 백구가 마당을 헐겁게 뛰어다녔다 집 나간 마누라를 찾아다닌 지 삼 년 집을 지킨 백구에게 태수 양반 따순 물이라도 나눠 먹자며 아궁이로 발길을 옮기었다

눈이 하염없이 내리고 마른 솔가지가 핏발 서며 붉어지고 있었다 태수 양반이 물을 데우는 사이 헛울음이 구들장을 지나 굴뚝으로 새어 나오는 것이었다 뒤늦게 눈치를 챈 태수 양반이 백구를 부르고 아궁이 안에 눈을 퍼붓고 솥단지를 들어내고 구들장을 걷어내는 것이었다

구들장 아래 백구가 차갑게 식은 제 새끼를 안고 껌벅이는 것이었다 아이고 백구야- 태수 양반 목 놓아 울었다 죽은 팔삭둥이 아들을 가슴에 안고 동네를 떠돌던 마누라 눈빛이라 했다

실뱀에 관하여

어머니는 뱀이 우글거린다고 하였다
거울 속에 실뱀들이 갈라진 혓바닥을 내민다고
출렁출렁 침대를 범람한다고

어디서 흘러왔니, 창백한 뱀? 강물로 흘러가던 뱀이 목을
든다

상순이 집 마당에서 실핀 하나 주웠지 그것이 어쩌자고
무밥을 먹고 사는 상순이 집에 있었는지 새벽 강가에 나가
어쩌자고 실핀을 던졌는지 어쩌면 물살에 휘말리다 살아났
을 때부터 물주름이 생겼는지

똬리 튼 뱀이 헤엄치자 어머니는 온종일 엄지손톱으로 눌
러 죽였다 그러나 뱀은 기어나갈 물주름을 온몸에 넓힌 지
오래여서 수풀 그림자를 만들고 반딧불 울음소리를 만들
고 힘줄 곧은 실잠자리를 만들었다 어머니는 웃다죽이다울
다죽이다날다죽이다를 반복했다 오늘은 사회 복지사가 오

는 날 오랜만에 정신이 쨍쨍하니 빛이 도는 날

　할머니 단어를 기억하세요
　사과, 돌멩이, 왜가리, 자동차, 소나무
　바닥에 자꾸만 떨어지는 말을 주워서 머리에 찔러 넣는
어머니
　몸 안에 남아 있는 물을 비우면서 입술 끝을 올린다
　사과 돌멩이 다음이 뭣인디?

　뱀이 목을 들어 복지사 목울대 진동을 읽다가 멈춘다 흔
들리는 거울 속 수풀들, 복지사는 뭔가를 끄적끄적 적고 나
는 점수 못 맞은 자식을 보듯 어머니를 보는데 어머니는 아
무 일 없었다는 듯 어둠을 꼬아 뱀을 죽이고 죽여서는 볕에
널었다

　다른 디 가서 까끔허니 살어라

제4부

본적(本籍)

수정자원 길모퉁이에서 곡선을 그리는 까마귀 떼
부리로 바탕색을 칠하고 있다

어둠은 수천 년간 닳아 스멀스멀 찾아온다 길은 까마귀
깃털을 달고 밤새 떠돌다 아침이면 노곤한 사지를 풀고 누
웠다 수정자원 간판만이 큼지막한 눈을 뜨고 조근거렸다 이
곳에 오면 하루가 백 년과 합수하여 인쇄일이 다른 재활용
기억을 읽는다 까마귀는 경계도 없이 이곳저곳에 스며들어
간다

뚜껑 열린 유리병 속으로, 찌그러진 페트병 속으로, 제 그
림자를 밟아 본 적 없는 것들이 몸 밖으로 호흡을 훅, 뱉을
때 백 년 전 바람 소리가 난다

눌리고 찌그러진 더미 밑에 나는 내가 모르는 나를 언젠
가 몰래 버리고 왔다
낯선 자루 속에 본적들이 엉켜 있다
수천 마리 까마귀가 본적을 읽고 지운다

비가 오고 이팝꽃이 떨어지고 진흙이 흘러내리고

무덤 자리에 기둥을 세운 집이라 했다

비가 오고 이팝꽃이 떨어지고 진흙이 흘러내리고
나는 당장 갈 곳이 없었으므로
무너진 방을 가로질러 뒤꼍으로 갔다
항아리가 떠난 자들의 공명통이 되어 여울을 만들고 있었다
관 자리에 몸을 누이고 잠을 꾸러 다니던 일가는 어디로
갔을까?

한때 그들은 지붕을 얹어 준 죽은 자를 위해
피붙이 제삿날에 밥 한 그릇 항아리 위에 올려놓았을 것
도 같고
그 밥그릇 위에 달빛 한 송이 앉았을 것도 같은데
지금은 구멍 뚫린 항아리 혼자
떨어지는 빗소리를 받아
조용히 흘려보내고 있었다

산 자와 죽은 자의 눈물이

하나가 되어 떠나는 것 같았다 어디를 가든

무덤 아닌 곳 없고

집 아닌 곳 없을지도

항아리 눈을 쓰다듬으려는 순간

이팝꽃이 내 어깨에 한 송이 툭 떨어졌다

붉은머리오목눈이 같은 적막이 후두둑 그 집을 뛰쳐나갔다

비 오는 날 방에 누우면

집이기도 하고

무덤이기도 해서

내 마음은 빈집

항아리 위에 정화수를 올려놓는다

벚꽃은 산부인과 진료 중

성큼성큼 피가 비친다
운전대를 돌려 산부인과에 간다
대기 번호를 받고 염증이면 어쩌나
혹여 자궁경부암이면 어쩌나
번호표를 만지작거리는데
옆자리에서 젖 비린 울음이 들려온다
필리핀 여자가 안고 있는 아기
개나리꽃처럼 꼼지락거리며 울고
폐경의 여자와 자궁에 염증이 난 여자와
임신한 여자와 갓 아기를 낳은 여자가
고개를 내밀고 벚꽃처럼 웃는다
개나리꽃 울음을 듣고 웃는 여자들이
자신의 이름이 불릴 때까지
젖 물리던 가슴을 만진다
밤낮이 바뀐 아이를 안고 현기증 나던 때
아기를 던져 놓고 도망이라도 가고 싶은 때
포대기에 다시 들쳐 메고 쪽쪽이 바라보던 때

꼬물꼬물 웃음들이 국경을 넘어갔다 돌아오는 동안

십이 년 만에 산부인과에서 초음파를 한다

제왕절개한 자리에 틈이 생겨 피가 흐른 거라 한다

기억이 고였다가 꽃잎이 날리듯 흘러내렸다니

항생제 처방을 받고 병원을 나선다

벚나무들이 하늘 걸대에 다리를 걸치고 진료 중이다

가벽(假壁)

　웃음소리가 났어 목젖이 흔들렸지 목이 끌려갔지 비틀어 올린 잎마다 친구들이 타자기를 두드렸지 지문을 누르면서 위 칸 아래 칸 잎 왼쪽 오른쪽 잎 누가 더 빠르게 누가 더 정확하게 타자(他者)를 치나? 푸르게 약지가 움직이지 않아 구부러지지 않는 약지를 불구라 해야 하나 나라고 해야 하나 돌아보면 나마저 타자(他者), 소모품으로 시간을 먹었네 뒷걸음쇠 웃음 벽이 습관처럼 덜렁거리네 벽에 딱 딱 딱 딱 약지를 내밀었어 신파적 농담처럼

안녕! 오다

오후 6시 쓰레기를 버리러 갔다가 오다를 만났어. 스티로 폼 활어 접시를 움켜쥔 그녀에게 안녕! 오다 눈을 깜박였어.

그녀는 애써 눈을 위로 굴리며 손가락으로 바람을 할퀴었어. 외면하며 외면당할까 의식한 지 오래인 그녀를 따라 바람의 약지가 후두둑 떨어졌어. 여섯 뼘의 거리를 지키며 오다는 소다 같은 눈빛으로 활어 접시에 앉아 있었어. 집에 돌아와 나도 오다처럼 점프를 했어. 손가락에 색색의 매니큐어를 바르고 뛰어서, 뛰어서 천장에 손톱을 그었어. 한 올 공중제비하며 갸르릉 별로 뜨는 오다 여섯 뼘 먼 오다에게 노래를 불러 주었어. 오늘도 몸통 없는 다리들이 지나가, 오다. 하루가 공처럼 굴러왔다 사라져, 오다. 창이 살아 있는 나의 지하방을 기웃거리는 길고양이 오다.

끝내 오지 않기를 기다리며 안녕, 오다

여기가 아니다

　빈집이 걷고 있다 도로에 래커로 그려진 인간 누워서도 끝없이 걸어야 한다는 듯 다리 한쪽 들고 있다 고양이 같은 차들 속도에 살이 붙어 지나간다 불을 켠다 벌떡 허리를 구부리는 집

　조각 잃은 퍼즐의 라인에 고양이는 브레이크를 밟지 않는다 발을 둥글게 말고 바닥을 튕긴다 한쪽 다리로 버티던 집이 부르르 떤다 신호가 바뀌자 고양이 한 마리가 발톱을 쭈욱 긁는다 집이 가파른 낙관을 안고 발끝을 올린다 잊어버린 울음을 찾아 걸었으나 집에 돌아왔으나 속도에 솟아올랐다 떨어진 나를 데리고 왔는지 모른다

　이 집의 퍼즐에 맞나 더듬어 본다 다리를 꼬고 있던 텅 빈 집이 쾡하게 발을 구르는 소리

뱀장어

시집 카페에서 사람들이 활자로 앉았다가 떠났어 연기 같은 울음소리 들렸어 누구나 늪지에 발을 담그고 서 있어서 살짝만 건드려도 뱀장어가 쏟아졌어

살아서 팔딱이던 긴 허리들, 시집 앞은 삼천천(川)인지라 전생이 달려와 몸통을 후생에 던지기도 했어 그들의 내밀한 배밀이가 기쁘게 뒤집기 하는 것은 순간이었어

마음이 납작해진 사람들이 테이블에 앉아 각자의 책장을 넘겼어 목차에 있는 석불입상을 만지작거리면 뱀장어들이 액정을 문지르며 나타났다 사라지기를 반복했어

천변에선 살아남을 받침을 만들면서 사람들이 온몸을 비틀었어 창 하나를 사이에 두고 살아 있다는 것을 확인하면서 의심하면서 잠깐의 타자 잠깐의 탈출, 시집 안과 밖 뱀장어 혈통들이 내통하고 있었어

친정 가족은 오후 세 시 같아서

병을 세워 놓고 그림을 그리죠
쏟아지지도 깨지지도 않는 병은
닮은 얼굴로 서로
목이 마르고 목이 길어지죠
친정 가족은 오후 세 시 같아서

냄새도 없이
문득 캐묻는 안부
삼각 구도의 표정으로
소실점은 공격점이 되기도 해서

왜 말리지 않았냐고
엄마는 아빠에게 두들겨 맞고
우리를 차례대로 세웠죠
저세상에 자식을 보낸 언니는
살아 있으니 괜찮다고 등 돌렸죠

제 이마를 짚어 보며
슬픔을 벌초하려다가
탱자 가시 같은 빛이
손가락에 파고듭니다

손가락은 나란히 서서 병을 앓아
나를 묻고 우리를 묻지 못했습니다
가까운 먼 곳에 반짝이는 내 유리병들

그러나 사과는 꽃관을 준비하고

척추에 관을 세우고 다니다가
관 하나에 몸을 누이는 게 사람이다

사과 껍질을 벗기는 아침
뒤통수를 보며 떠밀려 가는 사람들
벗겨서 눈물 안 나는 사람
없어, 아삭한 악몽의 뒤통수
없어, 깡 없이 상처를 건사하는 사람
없어, 퇴적된 수십 년 전의 죽음 위로
사과하지 않아도 사과로 걷겠습니다

길이 끊어지면 발로 툭 지구를 기절시켜
다시 걷는 여행자처럼
나는 사과 옆구리를 가른다
지구의 깡치는 무엇으로 이루어졌을까

텅 빈 꽃송이 관

꽃관 안에 까마귀 같은 울음씨

아마도 이것이 우리의 결집 우리의 분모
꽃관 울음씨 하나 우주를 떠도는 시간

오후의 입장

고무나무가 얼굴 각도를 바꾸는

검은 바탕에 하얀 선을 긋는 오전이 쉬울까
하얀 바탕에 검은 선을 긋는 오후가 쉬울까

머리는 오후의 테두리를 두르고
목은 오전 색으로 칠하면서

목은 어둠이 있구나
머리는 빛을 보고 싶구나

이런 얼룩말 같으니라고
오후의 입장으로
뛰고 다리는 멈춰서
뒤집어지고 싶은 잎의 표정으로

바람이 불 때마다 제 얼굴을 곱씹으며

바닥에 셀카를 찍으며

검은 선 안에서

창문을 오래 문지르는 습관

초원으로 뛰어나갈 가능성을 가늠하는

무릎을 그러모으고

가끔 생각해 늙은 구름 속에는
세상에서 추방당한 사람들이
거품 염색 통을 흔들고 있다는

머리에 거품을 짜서 머릿속 사이를
문지르고 있다는
참빗으로 거품을 곱게 쓸어내릴 때

비린 다음 생의 냄새

무엇으로 태어나고 싶니 서로에게 물으며
빨주노초파남보
이 세상 올무에 걸리지 않는 색 없어
기척도 없이 투닥투닥 떨어질 때

비 내리는 화단에 무릎을 그러모으고 앉아
나는 누구인지 내 안에 그대 누구신지

몇 광년 전에 추방당한 영혼이

내 자리를 차지하고

입춘 비에 돋아나네

마른나무 시린 눈을 적시네

접시꽃 CCTV

하루가 다르게 올라간다
잣나무에 기대어 접시꽃 삼층까지 가닿았다
어느새 마흔다섯 개 둥근 씨앗
눈동자 같은 것이 괴깔스럽게 웃고 있다
접시 씨방에 앉은 눈들이 카메라를 돌린다

Matrix System 작동 :
304호 고성댁 할머니 분홍 타이츠 신고 재즈댄스 추고 있음
303호 스무 살 김 양 코 밑을 면도하다 머리카락을 자름
203호 햇살유치원 한성이 코딱지 파서 공책에 문지르고
있음
(1번 카메라 Zoom-in)
103호 택배 사원 이 씨 발톱을 깎다 색색의 매니큐어 바
르고 있음

24시간 모든 순간을 눈에 담아
초고속으로 전송하고 있었다

관음증에 걸린 사람들이

수시로 영상을 전송받고 있다는

신문 기사 사회면이 문득 생각났다

접시꽃 종아리를 작신 분지르고

잣나무 손목을 힘껏 비틀어 버렸다

접시꽃 눈동자가 쏟아졌다

웃는 소리

물러서다

물러서다

공책을 면도하는 고성댁 색색의 발톱

택배 상자에 들어가다 한성이 미스 김

상자 속에서 공중을 찢는 소리

햇살이 잡아당겼다 도로 속으로 지지지직 암전

창밖에 눈사람이 있어

그림자는 나를 기억하고
나는 그림자를 기억하지 못해
어둠 속에서 하얀 하품

손톱으로 하품을 긁으면
이중 기포를 만드는 저녁이
제시간에 내리지 못해
눈이 내리고

눈 속에 소음을
죽인
귀

지울수록 환한
나는 너의 표정
너의 답변

이렇게 똘똘 뭉쳐 있었구나

손을 내미는

그림자 응접

폐경

매일 바늘귀에 실을 넣습니다
귀를 통과한 실의 행방

꽃마리 무당벌레 갈참나무 층층구름
이 모두 바늘의 독백입니다

바늘을 꽂아 비로 잡아 뺄 때
빗소리를 키우기 위해 옆구리가 당겨지는 대지

먹지를 대고 눌러쓴 비는 날카로웠을까요
돌아누운 비는 보슬거렸을까요

나는 매듭도 짓지 못하는 날이 많았습니다

뜨거운 날이 지나니
낯선 한 여름 정사를 나누네
얼룩무늬를 안고 저음을 산책하네

부쩍 바늘귀를 더듬거리는 날이 많아졌습니다

이별

웃음이 방울방울 맺히다 쩌억, 갈라지는 저녁

해설·시인의 말

'묵음의 트랙'에서 탄생하는 자기(I-Self)의 타인들

문신(시인, 문학평론가)

'시는 모든 것을 말하지만, 어떤 것에 대해서는 아무것도 말하지 못한다'는 문장을 사랑하는 시인이 있다고 하자. 우리는 그의 시에서 특별한 비밀을 발견하기를 기대하지만, 훗날 헐렁한 우리의 주머니를 뒤져 보면 손가락에 걸려 나오는 것은 닳고 해진 몇 개의 시어일 확률이 높다. 반면 '시는 어떤 것을 말하지만, 그것이 모든 것을 의미하는 것은 아니다'는 문장을 품고 있는 시인도 있다. 그의 시에서 우리는 남다른 감각의 명쾌함을 찾아낼 수는 있을 것이다. 하지만 시 읽기가 끝나고 나면 우리는 한밤의 불꽃놀이가 막을 내린 뒤 갑자기 밀어닥친 어둠처럼 막막한 허무에 갇히게 된다. 앞의 경우는 모든 것을 말하고자 하는 욕망이 현실의 구체에 밀착하지 못할 때 발생하고, 뒤의 경우는 시와 삶을 대하는 서툰 자세가 문제되는 경우라고 하겠다.

우리에게는 아직 '시는 어떤 것을 말하지만, 아무 것도 말하지 않는다' 같은 문장이 남아 있다. '어떤'이나 '아무' 같은 낱말에서 우리가 기대하는 것은 특별한 것이 아니라 자의(字義) 그대로의 순수함이다. 지시하지 않고 호명하지 말자는 것. 조금 고상하게 표현하자면, 말해져야 할 비밀을 철저히 은폐하자는 뜻이다. 그렇다고 비밀을 아예 봉인해 버리자는 의도는 아니다. '어떤'이나 '아무' 속에서 우리는 더러 비밀을 발견해 낼 실마리를 건져 올리는 경우가 있음을 안다. 그러한 실마리는 공감할 줄 알고 상상할 줄 아는 이들의 손끝에 걸릴 확률이 높은데, 지연 시인이 그 경우에 해당한다. 지연 시인은 '어떤' 것을 말하면서 '아무' 것도 말하지 않는 모순 화법을 시적 방법론으로 삼고 있기 때문이다.

웃음을 구우려면 몇 도의 어둠이 필요한가

갓 피어난 꽃잎은 몇 바퀴를 돌아야 대중적으로 웃는가

웃음은 담기는가 깨지는가

가스 창고 모서리에 목련꽃 핀다

—「당신이 내내 전화를 받지 않아」 전문

비밀은 언제나 발견하는 자의 몫이거니와, 발견하는 자는 또한 질문하는 자와 다르지 않다는 것을 우리는 잘 안다. 그리고 우리는 질문하는 방법이 발견하는 방법이라는 사실도 안다. 발견은 질문에 응답하는 메아리처럼 주어지는 것이다. 칼을 휘두른 자리에서 자상(刺傷)을 발견하는 것처럼, 질문과 발견은 거의 언제나 인과의 운명을 벗어나지 않는다. 이러한 구도는 '어떤' 것을 말하면서도 '아무' 것도 말하지 않는 방법론의 특징이다. 중요한 것은 '어떤'과 '아무'를 매개하는, 말하면서도 말하지 않는 방법적 모순이다. 이 모순을 무엇이라고 지칭해야 옳을지 아직은 알 수 없다. 다만 지연 시인에 따르면, 그와 같은 모순은 모르지 않는 것을 질문함으로써 발생하는 것 같다. 「당신이 내내 전화를 받지 않아」에서 반복되는 저 물음의 화법이 필연적인 궁금함을 견인한다고 믿는 사람은 별로 없다. 저 물음표 없는 질문 화법에는 '어떤'과 '아무' 사이에 배치해 놓은 시적 발견의 경이(驚異)가 준비되어 있을 뿐이다. 따라서 '어떤' 것을 말하든, 발견되는 것은 경이를 거치는 순간 '아무' 것도 아닌 것이 된다. 모르지 않는 것이 이런 경우에 해당한다. 그런 까닭에 '필요한가' '웃는가' '담기는가 깨지는가'처럼 반복되는 질문 끝에 가까스로 닿은 "가스 창고 모서리에 목련꽃 핀다"는 전언이 새롭게 발견된다. 이러한 전언 속에는 말해지지 않은 경이로운 비밀이 은폐되어 있기 때문이다. 그 비밀을 발견하는 즐거움은 눈 밝은 독자의 몫이겠지만,

적어도 지연 시인의 시를 읽기 위해서라면 우리는 이 비밀과 언제라도 마주칠 준비를 해 두어야 한다.

그렇다면 다시 처음으로 돌아가 비밀을 발견하기 위한 질문의 형식에도 주목할 필요가 있다. 말했다시피 지연 시인은 모르지 않는 것을 묻는 일에 남다른 언어 감각을 발휘한다. 거듭 말하지만, 아는 것을 묻는 것이 아니라 모르지 않는 것을 묻는 일이다. 아는 것과 모르지 않는 것의 차이는 명백하다. 아는 것은 보편적 앎으로, 나를 포함한 세계가 모두 알고 있다. 모르지 않는 것은 개별적인 것으로, 그 주체는 유일하다. 오직 질문하는 자만이 모르지 않을 뿐, 나머지는 모르는 것이다. 지연 시인의 시적 질문이 모르지 않는 것을 내용으로 삼는다고 한다면, 거기에는 타자의 모름이 전제되어 있으며, 지연 시인의 시는 그 모름을 앎으로 발견하는 경이의 순간을 준비하고 있음에 틀림없다.

불이 꺼졌어 사람들이 팝콘을 씹으며 웃고 있어
오 사 삼 바삭, 다시
오 초의 시간이 부푸는 동안 야광 문이 열렸어
나는 비상구 속에서 영화를 봤어

동네 어귀의 대문들이 눈을 감고 있었어 나도 따라 눈을 감고 더듬었어 파충류 등을 피해서 문고리에 손을 넣었어 울퉁불퉁한 정글 침묵이 나를 집어삼켰어 바람이 나

를 덜컹이게 했어 맹렬하게 비가 내렸어 나는 문을 찾지
못하고 진흙에 빠진 초록 토끼 높이뛰기 하는 비에게 뛰
어갔어 열려 있어도 나는 늘 갇혀 있나 생각하면서 닫혀
있어도 열려 있는 웅덩이를 찰방 밟았어

　　바삭, 나를 깨무는 팝콘 소리

—「비상구」 전문

　모든 발견의 순간은 캄캄한 어둠이 배경으로 놓일 때 극
적 효과를 만들어 낸다. 이때 어둠은 빛이 부재하는 자연법
칙의 형식 속에서 완성되지만, 상징적인 의미에서 어둠은
인간 이성과 감성의 상실 상태를 말하는 경우가 많다. 신화
에서 알 수 있듯, 지금까지 인간이 상상해낸 거의 모든 종
류의 서사가 어둠과 맞선 인간의 이성과 감성의 투쟁이었
다는 사실은 어둠이야말로 모든 극적 드라마의 산실임을
증명한다. 문학도 예외가 될 수 없다. 시는 (무)의식의 블랙
아웃 상태에 놓인 우리들에게 어둠을 관통하게 해줌으로써
새로운 사태와 사건을 발견하고 그 세계로 진입하게 한다.
따라서 시 「비상구」에서 우리가 읽어 내야 할 것은 어둠의
실체가 아니라 그 어둠에 은폐되어 있는 새로운 사태의 징
후이다. 징후는 언제나 발견되기를 기다리는 경이이고, 징
후는 발견하는 자를 언제나 새로운 사태 속으로 견인해 가
는 형식이다. '비상구'는 그와 같은 무수한 징후 가운데 하

나이다.

　시 「비상구」는 "불이 꺼"지는 순간 존재하기 시작한다. 그
런데 그 순간에 새롭게 발견되는 것이 또 있다. "바삭"거리
는 소리다. 화자는 불이 꺼지는 순간 시각적 존재에서 청각
적 존재로 개체의 성질을 옮겨 간다. 이러한 변화는 어둠을
대하는 인간 존재의 투쟁 방식이다. 이 과정에서 화자는 어
둠에서만 존재론적 위상을 확보하는 "야광 문이 열"리는 것
을 보게 되고, "비상구"라는 새로운 시각적 존재 가능성을
발견하게 된다. 이와 같은 방식으로 1연은 (외부의 압력에 의
한) 시각 상실→(내적 필요에 따른) 청각 작동→(다른 존재 형식
을 지닌) 새로운 시각 획득이라는 다소 변형된 형태의 변증
법적 인식을 보여주는데, 그렇게 해서 탄생하게 된 새로운
시각 내용이 2연의 서사를 이룬다. 따라서 '비상구'라는 '야
광 문'적 시각에 포착된 2연의 내용은 상실되기 이전의 시
각으로 바라본 일상 세계와 다를 수밖에 없다. 많은 경우 2
연의 세계를 환상이나 기이함 같은 용어로 담아내려 하지
만, 지연 시인은 그 상황을 "타자의 부름"(「참새 걸음으로 비가
오는데」)으로 환기해낸다. 중요한 것은 '타자'가 다른 존재 형
식을 지닌 자기(I-Self)라는 사실이다. 아이-셀프(I-Self)로
서의 자기는 자기(self)를 스스로 타자화할 때 도달하게 되
는 극복된 존재이며, 자기(self)에게서 발견해 낸 현실 초과
적인 상태로서의 존재이다. 그런 의미에서 어둠 속에서 시
각을 상실한 자기가 '비상구'를 통해 새롭게 발견한 시각적

존재를 지연 시인은 '타자'라고 부른다. 발견된 타자는 언제나 도래하지 않는 가능성이자 곧 도래할 징후가 된다. 「비상구」에서 그 징후는 3연 "바삭, 나를 깨무는 팝콘 소리"를 통해 분명하게 돌출되는데, 알다시피 '나를 깨무는' 일이란 시각 상실의 자기가 타자로 갱신되는 순간과 다르지 않다.

「안녕, 한때의 별」은 징후로서의 타자가 탄생하는 과정을 다룬 서사로 읽힌다.

누구나 별은 다른 모양으로 태어나네
주인이 전세금을 들고 말없이 떠났네
귀 밝아지고 눈 밝아졌네
대밭에 별이 찍찍거리네
나는 별을 키우기로 했네
별들이 울타리를 갉아대네
천장에 별들이 그렁그렁하네
내 방은 울타리가 되어가네
낮 동안 나는 별에게 줄 밥을 찾네
별들은 더듬이를 먹고 싶어 하네
나는 망초 꽃잎을 떼어 한 입 먹였네
주인은 돌아오지 않네
대나무는 수시로 몸을 흔들었지만 뭐 어때?
별은 몸통이 사라지고 점점 이빨이 자라네
낯선 사람들이 술병을 던지네

남학생들이 침을 뱉네

나에게는 번들거리는 이빨이 다섯

별을 문틈으로 내보냈네

그들은 엄청나게 찍찍거린다고 도망을 가네

나는 이제 주인을 기다리지 않네

오늘 구름이 몽실거리네

비닐조각 같은 하루를 찢으며

나도 별이 되어가네

—「안녕, 한때의 별」 전문

이 시를 읽으면서 떠올린 생각은 '탄생'이라는 사건의 역사적 분절성이다. 탄생이 새로운 존재의 나타남이라고 할 때, 그 존재는 나타남 이전에는 존재하지 않았던-부재(不在)라기보다는 미재(未在)의 의미에서-것이다. 그러므로 탄생하는 것들은 어제까지의 세계를 알지 못하고, 탄생이라는 사건은 존재가 역사적 시간 속으로 갑자기 뛰어드는 형식을 지닐 수밖에 없다. 그렇다면 우리는 탄생의 원인이나 기원에 관심을 둘 수밖에 없는데, 대개의 경우 기원의 자리에 놓인 것은 신화를 비롯한 상상적 담화일 때가 많다. 이렇게 모든 태어나는 것들은 태어남과 동시에 존재로서의 독자적인 역사와 시간의 주체가 된다.

중요한 것은 '탄생'하는 일이 존재의 원인이나 기원과 단절을 시도하는 행위라는 점이다. 지연 시인은 탄생의 후폭

풍을 재치 있는 상상적 서사로 포착한다. 알다시피 「안녕, 한때의 별」의 기본 구도는 "누구나 별은 다른 모양으로 태어나네"로 시작해서 "나도 별이 되어가네"로 끝난다. '태어나'서 '되어가'는 존재론적 확장을 가능하게 한 것은 역설적으로 떠나가는 존재이다. 그것은 탄생 이전의 세계이다. 탄생과 더불어 새롭게 시작된 역사적 시간은 그렇게 떠나가는 것과의 결별 속에서 비로소 탄생의 본질에 도달할 수 있다. 이 시에서 태어나자마자 곧장 "주인이 전세금을 들고 말없이 떠났"다는 진술은 탄생의 개시를 증거하는 사건이다. 이렇게 떠나간 것들이 결국에는 신화의 서사로 다시 돌아오게 된다. '주인'으로 상징되는 존재 기원과의 결별을 통해 탄생하는 것들은 "귀 밝아지고 눈 밝아"질 수 있었고, "별을 키우기로" 다짐할 수 있었다. 이 시에서 '별'이 무엇을 지시하는지, 혹은 어떤 것을 환기해 내는지는 중요하지 않다. '별'은 태어나는 것이고, 태어나서 "찍찍거리"고 "그렁그렁하"며 "더듬이를 먹고 싶어 하"는 존재이다. 이쯤 되면 '별'은 하나의 생명체를 연상하게 하지만, 지연 시인의 시에서 하나의 시어가 어떤 사건이나 사물과 명쾌하게 대응하지 않는다는 점을 떠올려 본다면, '별'은 상상적 서사를 발생시키는 모든 것이라고 하는 것이 바람직할 것이다. 따라서 '별'은 상징을 넘어 상상이고, 단절된 기원을 향한 상상적 서사 덩어리라고 해야 할 것이다.

왜 이마가 서늘해지는지

왜 가늘고 긴 담배를 태우고 싶은지

왜 느리게 하늘을 바라보고 싶은지

왜 낮달을 스쳐가는 새를 부르고 싶은지

왜 에스프레소를 청동 잔에 따르고 싶은지

왜 감잎 그늘에 한나절 앉아 있고만 싶은지

왜 마당에 내 이름을 끄적이고만 싶은지

왜 찌그러진 개 밥그릇 앞에 무릎을 꿇고만 싶은지

왜 내 그림자 위에 그대를 앉혀 두고만 싶은지

낙엽 하나가 사막에 고요히 묻히듯

바람에 사구가 허물어지듯

왜 초록의 비늘 오래 씹고만 싶은지

—「가을이면」 전문

상상적 서사와 사적 욕망을 구분하는 일은 쉽지 않다. 그
것들은 후설이 지향성(intentionality)으로 제시한 개념 속에
포섭된다. 지향성은 어떤 대상의 의미는 그것을 향한 누군
가의 의식 속에서 이미 형성되어 있다는 개념이다. 상상하
는 일이나 욕망하는 일이 모두 상상과 욕망의 주체에서 발
현한다는 점에서 그것들은 의식이 지향하는 바를 드러내는
일과 다르지 않다. 지연 시인은 이와 같은 주체의 지향성이
실현되는 방식에 관심이 크다. 「가을이면」에서 반복되고 있

는 "왜"라는 사유는 상상적 서사의 본질이 의심하고 질문하는 데 있다는 점을 강조한다. "왜 이마가 서늘해지는지"라고 묻는 일은 '가을'을 향한 화자의 상상적 욕망을 반영한다. 이 욕망은 가을의 존재론적 본질을 넘어서는 지점에서 상상적으로 구축되는 서사이다. 따라서 '왜' 이후에 발생하는 상상적 욕망의 기표들은 어쩌면 가을의 본질과는 무관한 것일 수도 있다. 우리의 의식이 가을을 가둘 수 있을 만큼 전면적이지도, 혹은 가을이 누군가의 의식 속에 자신의 존재를 고스란히 노출할 만큼 범주적이지도 않기 때문이다.

　이 시가 1연에서 아홉 번에 걸쳐 반복적으로 '왜'라는 상상적 서사를 전개하는 것은 가을과 가을을 지향하는 인간 의식이 일차 방정식으로는 답을 구할 수 없는 관계이기 때문이다. 따라서 반복적인 대응 구조는 종결 지점을 지속적으로 유예해 가는 방식으로 "낙엽 하나가 사막에 고요히 묻히듯/바람에 사구가 허물어지듯" 잠시 사유와 상상과 욕망의 휴지(休止)를 전략적으로 선택할 수밖에 없다. 이러한 전략은 그동안의 질문과는 다른 차원의 '왜'를 드러내기 위한 숨고르기이다. 숨고르기 끝에 연을 바꿔 탄생한 "초록의 비늘"은 가을의 상상적 서사로 읽힌다. 1연에서 반복적으로 제시된 '왜'의 욕망이 가을의 상징적 기표라는 점에서 '초록의 비늘'은 그 모든 가을의 상징을 초과해 버린 상상적 욕망이 된다. 지연 시인이 존재론적 본질과 그것을 넘어서는 상상적 서사를 이야기할 수 있는 것은 시집「건너와 빈칸으로」에 실린 시편들이 '탄생'하는 것들을 지향의 중심으로 삼고 있기 때문이다. 눈여겨볼 지점은 탄생을 예비하는 지연 시인의 시적 방식이다.

손가락이 잘렸다 그녀는
오른손 검지를 배에 심었다

배의 조각을 떼어 오는 일에 열중하던
검지가 잔뿌리를 내밀며
수액 같은 진물을 흘렸다
배에 붙어 있던 꽃씨가 검지를
따라왔다는 것을 그녀는 알지 못한다

(중략)

아무도 꽃이 피는 걸 보지 못하였으나
검지 끝에는 꽃을 떨군 꽃대가 검다

—「검지에 핀 으아리꽃」 부분

이 시에 따르면, "손가락이 잘렸"을 때, 자기 "배의 조각을 떼어" 이식함으로써 새로운 손가락은 탄생할 수 있다. 자기를 "떼어 오는 일", 다시 말해 스스로를 타자화함으로써 새로운 자기(I-Self)를 탄생시킬 수 있다는 말이다. 지연 시인은 타자화를 통한 자기 탄생의 계기를 능숙하게 포착하고, 그것들의 흔적을 심층의 차원에서 상상적 초월에 이르는 폭넓은 시적 스펙트럼으로 조직해 낸다. 그렇게 해서 탄생한 역사적 시간이 "꽃이 피는 걸 보지 못하였으나/검지 끝에는 꽃을 떨군 꽃대가 검"은 흔적으로 남아있는 것처럼, 지연 시인은 언제나 "그림자는 나를 기억하고/나는 그림자를 기억하지 못해/어둠 속에서 하얀 하품"(「창밖에 눈사람이 있어」)을 만들어 낸다. 이때 '하얀 하품'은 역사적 시간을 초월하여 지연 시인이 지금-여기로 소환해 낸 타자화된 자기 서사, 다시 말해 '어떤' 것을 말하면서도 '아무' 것도 말하지 않겠다는 묵음의 발화가 아닐까?

시집 『건너와 빈칸으로』에서 지연 시인은 "산도에서 길을 잃"(「투각」)고 "타인이 되어가는 나를 오래 배웅"(「배웅」)하는 상상적 서사의 탄생을 무겁지 않은 어법으로 기록하고 있다. 지연 시인이 상상적 서사를 통해 우리 시대가 타자의 시대임을 증명하는 동안, 시인의 사유와 감각 속에서 탄생한 시도 시인을 떠나 점점 타인이 되고 있다. 시가 타인이 되는 일은 어떤 것을 말하지만, 결국에는 아무 것도 말하지 않겠다는 시적 지향과 무관하지 않다. 그러므로 지연 시인의 시를 읽고 "돌아보면 나마저 타자"(「가벽」)가 되어 있는 경이의 순간에 직면하는 경우가 많다. 그 순간은 한 편의 시가 "죽고 사는 묵음의 트랙"(「B의 터널」)으로 우리의 몸속에서 재생되는 지점이다. 그러므로 지연 시인의 시가 '말하지만 말하지 않겠다'는 상상적 서사를 우리는 '묶음의 트랙'으로 기꺼이 받아들여야 할 것이다.

시인의 말

날리는 눈
앉은 자리마다 젖어 있다

눈 한 잎 감정에
내가 잠시 스며들었던 기록

다시 빈칸으로

실천문학시인선 024

건너와 빈칸으로

2018년 10월 30일 1판 1쇄 인쇄
2018년 10월 30일 1판 1쇄 펴냄

지은이   지연
펴낸이   윤한룡
편집   한지혜
디자인   윤려하
관리·영업   박수정

펴낸곳   (주)실천문학
등록   10-1221호(1995.10.26)
주소   서울특별시 중랑구 상봉로 110, 1102호
전화   322-2161~5
팩스   322-2166
홈페이지   www.silcheon.com

ISBN 978-89-392-3028-6 03810

이 책은 2018 전라북도 문화관광재단 지역문화예술육성지원사업의 지원을
받아 제작되었습니다.